A BAS MOLIERE,

COMÉDIE EN UN ACTE, MÊLÉE DE VAUDEVILLES,

DE MM. MERLE ET DÉSESSARTS.

Représentée pour la première fois, sur le théâtre *des Variétés*,
le 21 août 1809.

———————————————

PRIX : 1 franc.

———————————————

A PARIS,

Chez BARBA, Libraire, galerie du Théâtre Français,
n°. 51.

═══════════════

DE L'IMPRIMERIE DE VALADE. 1809.

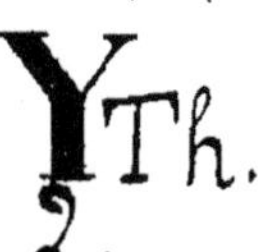

AVERTISSEMENT.

A BAS MOLIÈRE! est un blasphême littéraire si étonnant, que nous avons cru devoir prévenir les personnes qui pourraient l'ignorer, que l'idée première de cet ouvrage nous a été fournie par une aventure arrivée à Rouen, et plus récemment à Paris, où deux ouvrages de Molière ont été outrageusement sifflés. Il n'a rien moins fallu que la publicité d'un pareil scandale, pour nous autoriser à mettre en scène un pareil sujet, et pour éviter le reproche qu'on aurait pu nous faire, de nous créer des fantômes, pour les combattre. Le public, qui a accueilli cet ouvrage avec bienveillance, a sans doute été plus touché de notre intention, que de son mérite. Nous ne nous dissimulons pas, au reste, que cette bluette n'a dû son succès qu'au nom de l'immortel génie que nous avons célébré, aux emprunts que nous lui avons faits, et au jeu remarquable des acteurs, auxquels le public et les journaux se sont plu à rendre justice.

PERSONNAGES.	ACTEURS.
MALINGRE, malade imaginaire, maître de café.	MM. TIERCELIN.
LARIFFARDIÈRE, comédien, amant d'Adèle.	BOSQUIER.
ADÈLE, fille de Malingre.	Mᴵˡᵉ. ALDÉGONDE.
GÉRONTE, vieil avare, ami de Malingre.	MM. DUBOIS.
DRAMANTOUR, auteur de mélodrames, neveu de Géronte.	CAZOT.
DE LAHAUSSE, moderne enrichi.	LEFÈVRE.
TANTMIEUX, médecin.	BLONDIN.
DANDINVILLE, bourgeois.	LIEZ,
ALAIN, garçon de café.	BECQUET.

La scène se passe dans une ville de province.

A BAS MOLIERE,

VAUDEVILLE EN UN ACTE.

(Le théâtre représente l'intérieur d'un café, dans lequel on voit les bustes de quelques grands hommes, et entr'autres celui de Molière.)

SCÈNE Ire.

MALINGRE, *à son comptoir;* LARIFFARDIÈRE, *lisant un journal;* DRAMANTOUR, *écrivant;* LAHAUSSE, *jouant aux échecs avec* DANDIN-VILLE.

LARIFFARDIÈRE.

Alain, une demi-tasse.

ALAIN.

Voilà, monsieur, voilà. Versez à Molière.

DRAMANTOUR.

Toujours Molière; on n'entend que ce nom, comme si mes pièces n'avaient pas un autre mérite que les siennes.

LAHAUSSE.

Monsieur Dramantour a raison : quand est-ce que vous faites enlever ce buste là, monsieur Malingre?

MALINGRE.

Ma foi, M. de Lahausse, j'attends, pour le déplacer, quelqu'un.........

LARIFFARDIÈRE.

Quelqu'un qui vaille mieux que lui? Vous attendrez long-tems.

Air : *Que m'importe ma liberté.*

Des sots il brave le courroux;
Malgré leur insolente audace,
Sur le Pinde, mieux que chez vous,
Long-tems il gardera sa place.
Que de portraits dans ses tableaux!
Il sut, courtisan de Thalie,
Copier les originaux,
Et rester toujours sans copie.

ALAIN.

Voilà votre demi-tasse.

MALINGRÉ.

Du 1er. au 29, vingt-neuf demi-tasses : quand me payerez-vous?

LARIFFARDIÈRE.

Vous pouvez compter..... sur ma bonne volonté.

MALINGRE.

Je ne payerai pas mon médecin avec votre bonne volonté.

LARIFFARDIÈRE.

Laissez donc votre médecin : vous n'êtes pas plus malade que moi.

MALINGRE.

Je ne suis pas malade! je ne suis pas malade! moi qui suis toute l'année entre les mains d'un médecin et de deux apothicaires . je ne suis pas malade!

LARIFFARDIÈRE.

Hé, renvoyez-les.

MALINGRE.

Mêlez-vous de payer vos créanciers, M. de Lariffardière : moi je paye mes médecins, et je ne les renvoie
pas.

LARIFFARDIÈRE.

Nous différons en cela, monsieur ; moi je renvoie mes
créanciers, et je ne les paye pas.

DE LAHAUSSE.

M. le comédien, songez donc qu'il y a ici des gens
comme il faut.... vous faites un bruit à n'y pas tenir.

Air : *du Ballét des Pierrots.*

Vous interrompez ma partie ;
Voilà que je perds mes deux tours :
Je n'ai plus d'esprit quand on crie.....

LARIFFARDIÈRE.

Monsieur, nous crions donc toujours.

LAHAUSSE.

Encore une lourde sottise.....

LARIFFARDIÈRE.

Ah ! je conçois votre fureur :
Sitôt qu'on dit une bêtise,
D'abord vous criez au voleur.

DRAMANTOUR, *travaillant.*

Ma princesse paraît sur le donjon..... L'aspect de la
nature, de l'eau, du pain sec..... Garçon.

ALAIN.

Monsieur.

DRAMANTOUR.

Une glace.

LAHAUSSE, *jouant.*

Qu'est-ce que c'est que çà, M. Dandinville?

DANDINVILLE.

C'est un fou.

DRAMANTOUR.

La dame est à côté de la tour; le chevalier défend la dame, de peur d'un échec....

DANDINVILLE, *à Dramantour.*

Oh! que diable, monsieur, ne parlez donc pas sur le jeu!

DRAMANTOUR.

Eh! peut-on s'occuper de votre jeu lorsqu'on est en proie aux sublimes conceptions du théâtre?

LAHAUSSE.

Parce que M. Dramantour fait des comédies....

DRAMANTOUR.

Des comédies, monsieur! dites donc des mélodrames.

LARIFFARDIÈRE.

Sans doute, cela n'a rien de commun.

Air : *Pour être heureux dans cette vie.*

Pour écrire un bon mélodrame,
Le bon comique est superflu :
Il faut un tyran, une femme,
Un poignard, un enfant perdu,
De grands combats, une tempête,
Et surtout un rôle de bête :
Ce rôle est toujours plein d'effet ;
Maint auteur y met son cachet.

DRAMANTOUR.

Vous verrez le mien.

LAHAUSSE.

J'y serai.

MALINGRE et DANDINVILLE.

Nous y serons tous en dépit de Molière.

DRAMANTOUR.

Molière ! il est passé de mode.

MALINGRE.

Un homme qui se moque des médecins et des pauvres malades.

DRAMANTOUR.

Qui plaisante les poëtes célèbres : Vadius et Trissotin.

LAHAUSSE.

Qui tourne en ridicule M. Jourdain.

DANDINVILLE.

Qui n'a rien de sacré ; qui ne respecte pas même les maris.

LARIFFARDIÈRE.

Qui a peint tout le monde.

DRAMANTOUR.

Six heures, messieurs. Au théâtre, au théâtre. Deux pièces de lui ! Il faut qu'il succombe : l'heure de la vengeance a sonné.

Air : *du Méléagre champenois.*

Allons, messieurs, ceux qui nous attendent
Sont, comme nous, soutiens des bonnes mœurs :
Point de pitié, lorsqu'elles commandent.
Du vrai talent montrons-nous les vengeurs.

MALINGRE.

Sur les docteurs, sifflez bien ses critiques ;

DRAMANTOUR.

Sur les auteurs, sifflons tous ses écrits ;

LAHAUSSE.

Sur les Jourdains, sifflons ses traits caustiques;

DANDINVILLE.

Sifflons surtout ses traits sur les maris.

(*Ensemble.*)

Allons, messieurs, etc.

SCÈNE II.

MALINGRE, LARIFFARDIÈRE.

MALINGRE.

Ouf, je suis bien aise qu'on aille apprendre à vivre à cet impertinent Molière. Vous n'y allez pas, vous?

LARIFFARDIÈRE.

Vous lui en voulez donc beaucoup?

MALINGRE.

Moi? je ne le connais pas; mais tout mon café lui en veut.

LARIFFARDIÈRE.

Air : *J'aime ce mot de gentillesse.*

Par son ignorance poussée,
Chez nous on vit, dans tous les tems,
Des sots la cohorte insensée
S'armer contre les vrais talens :
Envers Molière leur audace
De ses tableaux prouve l'effet;
C'est le rustre brisant la glace
Qui lui présente son portrait.

MALINGRE.

Enfin, monsieur Dramantour n'est pas de votre avis;

et il doit se connaître en comédies; il fait de si jolis mélodrames.

LARIFFARDIÈRE.

Malpeste! on s'en aperçoit à sa conversation; il y mêle
des petits passages tirés de ses sombres compositions; il
ne parle que par échantillon de ses pièces.

MALINGRE.

Il y a de l'étoffe dans ce jeune homme-là. J'espère
que, son oncle Géronte arrivant aujourd'hui, il épou-
sera ma fille ce soir.

LARIFFARDIÈRE.

Ma foi, je vous le conseille. (*à part*) Je saurai bien
l'empêcher.

MALINGRE.

Comment! Je vous supposais des intentions. Je croyais
que vous aviez mis cette alliance dans votre tête. Est-ce
que cela vous serait sorti de l'idée?

LARIFFARDIÈRE.

Que voulez-vous? Vous m'avez refusé; cependant
cela nous arrangeait tous les deux. Je vous devais déjà
deux cent quinze francs; j'espérais aussi vous devoir
mon bonheur. Nous aurions été quittes. Vous me refu-
sez; et, comme a dit Molière, il faut vouloir ce qu'on
ne peut empêcher.

SCÈNE III.

Les mêmes, ALAIN.

ALAIN.

Eh bien! où est donc M. Dramantour? il demande
quelque chose, et il s'en va; il n'a donc pas de mémoire?

LARIFFARDIÈRE.

C'est égal, c'est égal. J'en ai un, moi, et je m'en charge.

MALINGRE.

Prenez garde ; c'est que ce sera trop froid.

LARIFFARDIÈRE.

Voulez-vous en prendre votre part ?

MALINGRE.

Vous plaisantez, je crois !

Air : *Jeune fille et jeune garçon.*

Dans un état comme le mien,
Où le régime est nécessaire,
Bien loin de m'être salutaire,
Pour moi cela ne vaudrait rien.
En vain l'on me condamne ;
A la fin voulant me
Porter beaucoup mieux, je
Vais prendre un verre de
Ma ptisane.   (*Bis.*)

(*Il sort.*)

SCÈNE IV.

LARIFFARDIÈRE, *seul.*

Me voilà seul... Songeons un peu à nos affaires. Géronte, vieil avare, oncle de Dramantour, arrive ce soir.... Diable ! c'est embarrassant.... Heureusement Dramantour, mon rival, n'est point aimé.... Si je pouvais tirer parti de tous ces caractères.... Pourquoi pas ? Oui, je n'aurai point joué pendant dix ans les valets de comédie pour être arrêté par des originaux. Molière a joué tous les ridicules ; il me fournira mes moyens d'attaque.... Malingre, malade imaginaire ; un médecin m'en fera raison. Il m'a refusé sa fille à cause de mes dettes ; monsieur de Lahausse , vous qui ne vous doutez pas que nous soyons parens , ceci vous regarde. Géronte , nouvel Harpagon.... à moi , Scapin , avec tes fourberies.

Air : *Le magistrat irréprochable.*

De Duguesclin, l'arme invincible,
Rappelant ses nombreux hauts faits,
Après sa mort, toujours terrible,
Effrayait encor les Anglais.
Molière, ainsi malgré leur nombre,
Malgré leur cabale et leurs cris,
Avec ta férule et ton ombre,
J'écraserai tes ennemis.

(*Il se met à table.*)

SCÈNE V.

ADÈLE, LARIFFARDIÈRE.

ADÈLE.

Ah ! M. de Lariffardière , vous voilà.

LARIFFARDIÈRE, *mangeant.*

Elle est excellente.

ADÈLE.

Quoi ! dans le moment où l'on va me forcer à épouser M. Dramantour, vous n'avez pas l'air de me voir. Je vois bien que vous ne m'aimez pas.

LARIFFARDIÈRE, *se levant.*

Je ne vous aime pas !... Je ne vous aime pas ! Eh ! quelles preuves voulez-vous de mon amour ? Depuis six mois que je vous connais, ai-je manqué de venir un seul jour ici, prendre le matin ma tasse de chocolat ; à deux heures, d'y venir dîner ; et le soir, ne m'y revoyez-vous pas, encore prendre le dernier repas de la journée ? cruelle ! c'est pour vous, et je ne vous aime pas !...

A D È L E.

Voilà bien votre caractère ; toujours prêt à plaisanter dans les choses les plus sérieuses.

L A R I F F A R D I È R E.

Soyez tranquille ; on a toujours assez de tems pour se désoler. J'ai pour notre mariage certain projet.

A D È L E.

Exécutez-le donc au plutôt ; car vous êtes, en tout, d'une inconstance... Par exemple, depuis huit jours, avez-vous pensé un seul moment à me faire répéter un rôle.

L A R I F F A R D I È R E.

Je n'ai pas beaucoup de tems ; mais je suis trop heureux de vous le consacrer. Mais, vous qui parlez, avez-vous seulement pensé à achever mon portrait ?

A D È L E.

Air : *En deux moitiés le ciel, dit-on.*

Ce doux travail fait mon bonheur ;
Mais l'art parfois est inutile :
Vos traits sont comme votre cœur ;
Les fixer n'est pas très-facile.
Ce portrait m'offre à chaque instant
Une difficulté nouvelle ;
Car, pour qu'il soit bien ressemblant,
Il ne faut pas qu'il soit fidèle.

L'ARIFFARDIÈRE.

Je vais vous donner un bon moyen.

Même air.

De l'artiste judicieux
Voulez-vous éviter le blâme,
Peignez mon amour dans mes yeux,
Et dans mes yeux peignez mon âme :
De mon portrait facilement
Vous ferez un autre moi-même.
Si vous voulez qu'il soit parlant,
Faites-lui dire : je vous aime.

Mais voici votre père ; il ne faut pas qu'il nous trouve ensemble ; nous nous reverrons. (*Il sort.*)

SCÈNE VI.

MALINGRE, *seul.*

Je ne puis pas me plaindre de cette ptisane-là, elle m'a fait bien de l'effet... Mettons mes comptes en ordre, et voyons celui de M. Calmant, mon apothicaire... Racine de patience... Celle-là il y a long-tems que je m'en sers... Casse, pour médecine... Le séné ne m'avait rien fait ; mais le docteur me répond de la casse... Voyons le total : Cinq et cinq, dix ; dix et dix, vingt ; pose... hum... hum... quatre-vingt-quatre francs... Ah ! mon Dieu ! que d'argent, sans compter l'opium, qui ne me fait pas fermer l'œil, et mon médecin veut que je ferme les yeux là-dessus.

Air : *L'astre des nuits.*

L'astre des jours me voit passer les nuits
Dans les tourmens d'une longue insomnie ;

Et ce qui vient redoubler mes ennuis,
C'est que l'on met ma bourse à l'agonie,
Par les soins d'un docteur vanté :
Puisque tout mon argent s'évade,
Je n'aurai plus la faculté   (*Bis.*)
La faculté d'être malade.

Et encore on me laisse, on m'abandonne. Je reste sur mes jambes, moi qui devrais être dans mon lit.... Quelle maison ! Adèle... Adèle... Personne ne vient... Adèle.

SCÈNE VII.

MALINGRE, DRAMANTOUR, LAHAUSSE, DAN-DINVILLE, LARIFFARDIÈRE, TANTMIEUX.

Chœur.

Air : *Ah ! quel scandale abominable,*

Nous avons la victoire entière :
Ah! quel grand jour! ah! quel bonheur!
Le parterre a sifflé Molière,
Et le bon goût reste vainqueur.

MALINGRE.

Eh! messieurs, quel tapage faites-vous donc? vous ne songez pas à ma position.

DRAMANTOUR.

Que n'étiez-vous là ; deux pièces de Molière qu'on n'a pas laissé achever.

MALINGRE.

Ah ! vous me comblez d'aise.

LAHAUSSE.

Bon!...

DRAMANTOUR.

Air : *Dans ma chaumière*, ou *Bouton de rose.*

Plus de Molière,
Criait en chœur notre parti ;
Sa gaîté nous paraît grossière,
Et le bon ton le veut ainsi :
Plus de Molière.

LAHAUSSE.

Plus de Molière,
Disait maint auteur délicat ;
Il faut des douceurs pour nous plaire :
Vivent Marivaux et Dorat ;
Plus de Molière.

LARIFFARDIÈRE.

Plus de Molière,
Je le répète comme vous ;
Il ouvre et ferme la carrière :
Messieurs, on ne verra chez nous
Plus de Molière.

LAHAUSSE.

Le docteur Tantmieux a bien fait son devoir.

TANTMIEUX.

Je ne devais pas ménager un auteur de mauvais ton.

LAHAUSSE.

Qui vivait dans un siècle reculé.

DANDINVILLE.

Dont les pièces fourmillent d'expressions triviales et indécentes. N'appelle-t-il pas les maris... (*Il parle à l'oreille de Malingre.*)

3

LARIFFARDIÈRE.

Voilà de vos arrêts, messieurs les gens de goût.

Air : *Du partage de la richesse.*

Sa franchise vous indispose ;
D'un rien vous êtes alarmés :
Le terme qui sied à la chose,
Il l'adopte, et vous l'en blâmez :
Vous exigez un mot qui flatte ;
Mais moi je vous le dis tout bas :
L'oreille n'est si délicate,
Que lorsque le cœur ne l'est pas.

DANDINVILLE.

C'est bon, c'est bon, M. de Lariffardière.

DRAMANTOUR.

Messieurs, n'oublions pas ce que l'amitié nous com-
mande.

Air : *Vaud. de Gilles en deuil.*

Portons cette grande nouvelle,
Et chez nos amis allons tous :
Ils ont secondé notre zèle ;
Ils vont en jouir avec nous.

Le jour de notre mariage
Doit être un grand jour d'apparat ;
Et ce soir, moi je vous engage....,..
A venir signer le contrat.

Tous. {
Portons cette grande, etc.

LARIFFARDIÈRE.

Laissons les croire à leur nouvelle,

Car d'honneur je crois qu'ils sont fous ;
Mais bientôt, grâces à mon zèle,
Ici je veux les jouer tous.

SCÈNE VIII.

TANTMIEUX, MALINGRE.

MALINGRE.

Enfin, nous pourrons causer librement. Il y a long-tems que vous n'êtes venu ?

TANTMIEUX.

J'ai tant d'affaires ; tant de gens à voir.

MALINGRE.

Et ce jeune hommé, votre voisin, comment va-t-il ?

TANTMIEUX.

C'est une affaire finie.

MALINGRE.

Il va donc bien ?

TANTMIEUX.

Eh ! non ; il est mort.

MALINGRE.

Vous aviez pourtant dit que vous le guéririez.

TANTMIEUX.

Aussi ai-je fait ; il est mort guéri. Mais parlons de vous ; comment cela va-t-il, depuis que je ne vous ai vu ?

MALINGRE.

Pas trop bien ; je dépéris visiblement sans que ça paraisse.

TANTMIEUX.

Tant mieux ; car vous sentez votre mal.

MALINGRE.

C'est que vos visites sont si rares.

TANTMIEUX.

A présent j'aurai plus de tems à moi.

MALINGRE.

Comment ?

TANTMIEUX.

Air : *Dans ce salon où Poussin.*

Trois colons avaient des accès
D'humeur noire et mélancolique ;
Chaque jour je leur conseillais
De retourner en Amérique.
Long-tems ils furent indécis,
Malgré ma science profonde ;
Enfin ils ont cru mes avis,
Et sont partis pour l'autre monde.

MALINGRE.

Ce que c'est que la docilité.

TANTMIEUX.

Mais à propos, où en est le mariage de votre fille ?

MALINGRE.

Nous attendons Géronte, l'oncle du jeune homme.
Adèle n'aime pas beaucoup son futur ; mais M. Dramantour achalande beaucoup mon café.

Air : *De sommeiller encor ma chère.*

Ce garçon là m'est fort utile ;
Son esprit m'est d'un grand secours:
Chez moi je vois toute la ville
Venir écouter ses discours.

Ses chutes sont loin de l'abattre ;
Son talent n'est point étouffé ;
Et s'il ne prend point au théâtre,
Il prend beaucoup dans mon café.

TANTMIEUX.

Tant mieux, tant mieux. Mais voici quelqu'un.

SCÈNE IX.

Les précédens, GERONTE.

GÉRONTE.

Eh ! bonjour, mon vieil ami.

MALINGRE.

Comment c'est vous !... C'est un ami d'enfance ; il y
a cinquante ans que nous ne nous sommes vus !

GÉRONTE.

Aussi, quel plaisir de se revoir ! Comme cela déride !...

MALINGRE.

Oui, mon ami, ça déride, et ça ne laisse pas que de
rajeunir.

GÉRONTE, *à M. Tantmieux.*

Monsieur, je vous salue.

MALINGRE.

Vous vous portez toujours bien ; ce n'est pas comme
moi, je ne sais pas ce qui m'arrive, mais je m'en vas, je
décline, décline, décline....

GÉRONTE.

Parlons de mon neveu. On m'a dit qu'il faisait des
vers ; je trouve que ça ne rime à rien.

MALINGRE.

Que dites-vous donc? un jeune homme qui à ce qu'on dit, est très-connu au Pinde.

GÉRONTE.

Ah! ah!

TANTMIEUX.

Un jeune homme qui monte Pégase.

GÉRONTE.

Oh! oh!

TANTMIEUX.

Un jeune homme qui brille dans les citations!

GÉRONTE.

Son procureur est donc bien content de lui?

TANTMIEUX.

Son procureur! laissez donc.

Air : *Quand on ne dort pas de la nuit.*

Méprisant d'indignes liens,
Fatigué de la servitude,
Mettant en œuvre ses moyens,
Avec des goûts comme les siens,
Il peut bien se passer d'étude :
Épris d'une plus noble ardeur,
Parcourant des routes nouvelles,
Il a quitté son procureur,
Pour voler (*bis*) de ses propres ailes.

GÉRONTE.

Eh bien! alors cela revient au même. Allons, que ce mariage se fasse ce soir.

MALINGRE.

Ce soir... Un instant ; si je suis malade, je ne serai pas à la noce.

GÉRONTE.

C'est votre faute aussi, et si vous n'étiez pas toujours entouré de médecins, qui vous ruinent le corps et la bourse.

TANTMIEUX.

Que voulez-vous dire, monsieur.

GÉRONTE.

Que j'ai vu dans une comédie de Molière, ou peut-être de Rabelais, je ne sais, qu'ils étaient fort tournés en ridicule.

TANTMIEUX.

En ridicule, monsieur, en ridicule !

SCÈNE X.

Les mêmes, LARIFFARDIÈRE, *derrière*.

GÉRONTE.

Entre nous, nous les connaissons.

TANTMIEUX.

Pensez-vous bien à ce que vous dites ?

LARIFFARDIÈRE.

On se dispute, écoutons.

GÉRONTE.

Je dis ce que je pense, et je pense comme Molière.

TANTMIEUX, *en colère*.

Molière est un sot, et vous un impertinent, monsieur Géronte.

MALINGRE, *effrayé*.

Monsieur Géronte.... Monsieur le docteur.

TANTMIEUX.

Apprenez qu'un homme dont le savoir est attesté sur un diplôme en parchemin...

GÉRONTE.

D'accord ; mais...

LARIFFARDIÈRE, *à part.*

Allez donc.

TANTMIEUX.

Qui a pris ses grades dans l'Université d'Orange.

GÉRONTE.

Cela est fort bien ; mais...

TANTMIEUX.

Qui du bachalauréat a passé au doctorat.

GÉRONTE.

Sans doute ; mais...

TANTMIEUX.

Ne doit pas être traité comme un ignorant.

GÉRONTE.

Je ne dis pas cela ; mais...

LARIFFARDIÈRÉ.

Courage.

TANTMIEUX.

Et que celui qui pense ainsi se rend coupable du crime de lèze-faculté.

MALINGRE.

Monsieur le docteur... Monsieur Géronte...

GÉRONTE.

Je n'ai point prétendu...

TANTMIEUX.

Et mérite d'être livré à la vengeance hippocratique.

Air : *Daignez m'épargner le reste.*

Contre vous et tous vos amis,
Je vois se former un orage :

Vous méritez d'être punis;
Je saurai venger mon outrage.
(*à Malingre.*)
Vous avez partagé son tort:
Craignez maint accident funeste;
Craignez la fièvre et le transport,
L'asthme, la gravelle, la mort.

MALINGRE.

Daignez m'épargner le reste.

GÉRONTE, *en sortant.*

Moi je me moque du reste.

SCÈNE XI.

MALINGRE, LARIFFARDIÈRE.

MALINGRE.

O mon Dieu! mon Dieu! quel malheur! Faut-il que j'en sois la victime!... Maudite amitié, à quoi m'exposes-tu?

LARIFFARDIÈRE.

Qu'avez-vous, M. Malingre? vous paraissez fortement ému; vous est-il arrivé quelqu'accident fâcheux?

MALINGRE.

Mon ancien ami, M. Géronte, se permet de dire, devant mon docteur, que Molière a bien fait de s'égayer sur le compte de la médecine.

LARIFFARDIÈRE.

Il a osé!... Ciel! que m'apprenez-vous! il ne tremble pas du sort de Molière? Savez-vous comment les médecins se sont vengés de lui?

MALINGRE.

Que lui ont-ils donc fait?

LARIFFARDIÈRE.

Ce qu'ils lui ont fait? Rien.

MALINGRE.

O mon Dieu !

LARIFFARDIÈRE.

Il n'a pas pu en obtenir la plus petite saignée.

MALINGRE.

O Ciel !

LARIFFARDIÈRE.

Pas le moindre petit grain d'émétique.

MALINGRE.

Miséricorde !

LARIFFARDIÈRE.

Et, enfin, abandonné par eux, je ne conçois pas comment il ne s'en est pas tiré.

MALINGRE.

Ce qui m'arrive est aussi fâcheux. M. Tantmieux a menacé Géronte et ses amis de toutes les maladies ; or, il est.... il était mon ami, et, d'après cela, je suis en danger.

LARIFFARDIÈRE.

Ma foi, par l'intérêt que je vous porte, je vous plains.

MALINGRE.

M. Lariffardière, allez, je vous prie, trouver M. Tantmieux, dites-lui que sans un dédit de trois mille francs qui me lie avec M. Géronte, je ne le verrais plus.

LARIFFARDIÈRE.

Un dédit, j'en fais mon affaire. Quel homme est-ce que ce Géronte ?

MALINGRE.

Air : *Tenez-moi, je suis un bon homme.*

C'est un bon homme assez bizarre ;

LARIFFARDIÈRE.

C'est-là ce qu'on appelle un sot ;

MALINGRE.

Économe ;

LARIFFARDIÈRE.

C'est un avare ;

MALINGRE.

Crédule ;

LARIFFARDIÈRE.

C'est ce qu'il nous faut ;
Je me charge de votre affaire,
Et, prouvant aujourd'hui mon tact,
Je traite l'oncle à la Molière,
Et le Géronte est dans le sac.

MALINGRE.

Il ne sera pas à son aise ; mais ceci m'a tout troublé, et je me sens.... allez trouver M. Tantmieux ; c'est une affaire très-pressante., très-pressante.

LARIFFARDIÈRE.

Allez, allez, et laissez-moi faire.

SCÈNE XII.

ADÈLE, LARIFFARDIÈRE (*Tous deux à part*).

LARIFFARDIÈRE.

Les circonstances me favorisent ; il faut en profiter.

ADÈLE.

Mon père a l'air bien ému.

LARIFFARDIÈRE.

Je suis fort tranquille.

ADÈLE.

D'abord, s'il me fait épouser M. Dramantour...

LARIFFARDIÈRE.

Nous serons deux, monsieur mon rival.

ADÈLE.

Il serait si aisé avec du caractère.

LARIFFARDIÈRE.

On peut s'en tirer avec de l'esprit.

ADÈLE.

Mais mon père n'en a pas.

LARIFFARDIÈRE.

Enfin, mon parti est pris.

ADÈLE.

J'y suis décidée. Je sais bien qui est-ce qui m'ins-
truira...

LARIFFARDIÈRE.

Surtout ne disons rien à Adèle,.... Ah! vous voilà.

ADÈLE.

Ah! c'est vous. Ah! monsieur, je vous y prends, c'est
bien joli, de vouloir me cacher vos secrets.

LARIFFARDIÈRE.

Mais j'ai cru, ma chère amie.

ADÈLE,

Comme s'ils n'étaient pas à moi comme à vous.

LARIFFARDIÈRE.

D'accord ; mais....

A D È L E.

Lorsque l'on s'aime, peine et plaisir doivent être en commun.

Air : Mon cœur soupire.

Dans le plaisir, dans la tristesse,
La confiance est un bonheur ;
C'est le charme de la tendresse ;
C'est le premier besoin du cœur ;
Tendre amour c'est, grâce à ta flamme,
Qu'on devient doublement heureux :
Les indifférens n'ont qu'une âme ;
Mais lorsqu'on aime, on en a deux.

L A R I F F A R D I È R E.

Je sens tout cela comme vous.... Mais voici justement M. de Lahausse ; j'ai besoin d'être seul avec lui. Adieu, mon Adèle.

A D È L E.

Adieu, puisque vous ne voulez pas que je sache... Je me soumets... (*à part*) Mais j'écouterai.

SCÈNE XIII.

LARIFFARDIÈRE, LAHAUSSE.

L A H A U S S E.

Tous nos amis sont d'accord, et on n'entendra plus parler de Molière.

L A R I F F A R D I È R E, *à part.*

Tu ne demanderais pas mieux.

L A H A U S S E.

Encore ce comédien.... Attaquer M. Jourdain.

L A R I F F A R D I È R E.

Oui. Je vois que M. Jourdain vous tient au cœur.

LAHAUSSE.

C'est bon, c'est bon... Qui est-ce qui lui parle ?

LARIFFARDIÈRE, *à part.*

Je t'y ferai bien venir. (*haut*) Mais M. de Lahausse, il n'y a rien de commun entre vous et ce bourgeois.

LAHAUSSE.

Il est certain qu'il y a de la différence.

LARIFFARDIÈRE.

Votre famille est connue, et...

LAHAUSSE.

Il n'y a pas de doute que...

LARIFFARDIÈRE.

Il y a toujours quelque chose qui distingue les gens de votre sorte.

LAHAUSSE.

Les gens de ma sorte... Ce garçon-là a des expressions... Vous trouvez donc ma tournure...

LARIFFARDIÈRE.

On n'a pas l'air distingué comme vous.

LAHAUSSE.

Parbleu! M. de Lariffardière... Garçon, un quart de punch.

LARIFFARDIÈRE.

Ah! monsieur, je n'oserai pas avec un homme de votre rang.

LAHAUSSE.

De mon rang!.. Un demi-bol.

LARIFFARDIÈRE.

En vérité, vous me comblez ; je n'ai jamais vu de seigneur...

LAHAUSSE.

De seigneur... Le bol entier. Je ne regarde pas à la dépense, lorsque je rencontre des personnes aussi respectueuses pour les gens comme moi.

LARIFFARDIÈRE.

Je sais les apprécier, et leur rendre la justice qu'ils méritent. D'ailleurs, monsieur, je n'oublirai jamais que j'ai connu monsieur votre père.

LAHAUSSE, *à part.*

Il a connu mon père !... hum !... où diable veut-il en venir ?

LARIFFARDIÈRE.

C'était un homme fort estimable, un cœur si pur ; qui faisait valoir lui-même les terres des autres.

LAHAUSSE.

Oui, oui, il aimait beaucoup la campagne.

LARIFFARDIÈRE.

Il y passait sa vie au milieu des troupeaux, qu'il gardait lui-même, comme dans l'âge d'or... Vous aviez un oncle aussi, ce me semble ?

LAHAUSSE.

Oui, je crois me rappeler...

LARIFFARDIÈRE.

Il se consacrait à l'instruction de la jeunesse. On l'appelait le Magister du village... C'était mon père, monsieur.

LAHAUSSE, *à part.*

Ah ! Dieux ! maudite rencontre ! (*haut*) Quoi ! vous seriez ?...

LARIFFARDIÈRE.

Eustache Desvignes, ton cousin ; la nature ne te le disait pas ?

LAHAUSSE.

Certainement... Mon cher cousin. (*à part*) Que la peste t'étouffe.

LARIFFARDIÈRE.

Ecoute, Grégoire ; tu as fait fortune, tu as oublié tes parens ; c'est l'usage. Je suis toujours resté gueux ; je me souviens des miens ; c'est tout naturel. Tu as besoin d'un nom, j'ai besoin d'argent ; je puis t'ôter l'un, tu peux me donner l'autre. Arrangeons-nous.

LAHAUSSE.

Comment l'entendez-vous ?

LARIFFARDIÈRE.

Je vais me marier ; il me faut cent louis ; tu me les donneras, et, par reconnaissance, j'aurai l'air de ne t'avoir jamais connu.

LAHAUSSE.

Non, parbleu pas.

LARIFFARDIÈRE.

Aime tu mieux signer au contrat comme mon cousin ; au fait, cela me conviendrait assez.

LAHAUSSE.

Attendez un peu.... Si vingt-cinq louis...

LARIFFARDIÈRE.

Ah ! fi donc ! fi donc, l'honneur de t'appartenir ; non, non.

LAHAUSSE.

Que diable.... Arrangeons-nous.... Voyons, trente louis.

LARIFFARDIÈRE.

Air : *De l'enfantine.*

Je ne puis en conscience ;

Crois-moi, perds toute espérance
Qu'ici de ton alliance
Je me désiste à ce prix.

LAHAUSSE.

Mettons cinquante louis.

LARIFFARDIÈRE.

J'en veux cent, je le redis :
Songe què dans la province,
Tu tiens un état de prince ;
Que connu pour ton parent,
J'aurai un crédit important.

LAHAUSSE.

C'est à regret que j'augmente ;
Mais enfin j'en mets soixante :
Voyez si cela vous tente ;
Mais le secret entre nous.

LARIFFARDIÈRE.

Non, car je suis jaloux
Du grand honneur d'être à vous ;
Et quand pour moi l'espoir brille
De retrouver ma famille,
Pour si peut doit-on penser
Que mon cœur puisse y renoncer ?

(*Le même.*)

Non, je n'en veux rien rabattre,
Et dut-on me mettre en quatre :
Cessons donc de nous débattre ;
C'est trop long-tems balancer.

Ensemble.

LAHAUSSE.

Puisqu'il n'en veut rien rabattre,
Il faut donc me mettre en quatre,
Et j'aurai beau me débattre,
Je ne puis plus balancer.

LAHAUSSE.

Allons, je vais les chercher ; voilà un parent qui m'est bien cher !

LARIFFARDIÈRE.

Et d'une ; ah ! Molière, Molière ! que je te remercie. Voici M. Géronte, l'oncle de mon rival ; comme il vient à propos.

SCÈNE XIV.

GÉRONTE, LARIFFARDIÈRE.

GÉRONTE, *à part.*

Mon neveu, Dramantour, n'était pas chez lui ; le notaire était sorti ; où diable peuvent-ils être. Cet homme me regarde bien. J'espérais les rencontrer l'un ou l'autre ; mais à qui en veut donc cet homme ?

LARIFFARDIÈRE, *à part.*

A toi, et tu paieras ton dédit. Monsieur?

GÉRONTE.

Est-ce à moi que cela s'adresse?

LARIFFARDIÈRE.

Oui, monsieur ; pardon de mon importunité ; mais vous me paraissez un homme respectable, serviable, équitable, et vous me serez favorable.

GÉRONTE, *à part.*

Voudrait-il me demander de l'argent.

LARIFFARDIÈRE.

Il s'agit d'un malheureux. Donnez-moi...

GÉRONTE.

Impossible.

Air *de l'Opéra comique.*

Je donne par fois le bon jour ;

Je donne parfois audience ;
Je donne aux voisins, tour à tour,
De l'eau, du feu sans conséquence ;
Je donne encore quelquefois
Plus d'une recette assez bonne.

LARIFFARDIÈRE.

Et de l'argent ?

GÉRONTE.

Je le reçois,
Et jamais je n'en donne.

LARIFFARDIÈRE.

Il ne s'agit pas d'argent ; mais d'un conseil.

GÉRONTE.

Je suis à vous. J'en donne aussi très-volontiers.

LARIFFARDIÈRE, *pleurant.*

Eh bien ! sachez que j'ai un ami... Ah ! un jeune homme qui a un oncle, qu'il aime... ah ! qu'il aime, qu'il aime... ah, ah , ah !

GÉRONTE.

Ne pleurez pas tant ; voyons.

LARIFFARDIÈRE.

Un joli garçon, aimant à rire ; mais sage , rangé, qui aime les plaisirs, les fêtes, le bal, la comédie, pourvu qu'il ne lui en coûte rien.

GÉRONTE.

C'est bien ; après, après.

LARIFFARDIÈRE.

Et ce jeune homme s'endette par économie, et ne paié pas par arrangement.

GÉRONTE.

Comment, par arrangement ?

LARIFFARDIÈRE.

Sans doute , il place son argent à gros intérêts, et il fait attendre ses créanciers : il a beaucoup d'ordre.

GÉRONTE.

J'aime les jeunes gens comme ça. Quel est le nom de votre ami ?

LARIFFARDIÈRE.

On l'appelle Dramantour ; homme d'esprit, de talent.

GÉRONTE, *à part.*

C'est mon neveu. (*Haut.*) Vous ne sauriez croire combien cela m'intéresse. Eh bien !

LARIFFARDIÈRE.

Ah, ah, ah !

GÉRONTE.

Comment, ah, ah ! lui serait-il arrivé quelque malheur.

LARIFFARDIÈRE.

Ah ! monsieur ; ah ! monsieur.

GÉRONTE.

Eh bien !

LARIFFARDIÈRE.

Eh bien ! il est en prison.

GÉRONTE.

En prison ! et pourquoi ?

LARIFFARDIÈRE.

Parce que ses créanciers n'ont pas voulu entrer dans ses arrangemens ; ayant su qu'il était au spectacle, car il y va...

GÉRONTE.

De grâce, achevez... et apprenez que je suis son oncle.

LARIFFARDIÈRE.

Ciel ! vous, son oncle... O destin ! ô nature ! voilà de
tes coups... Sachez donc, qu'ayant appris qu'on l'atten-
dait tous les soirs, il sortait par une petite porte de derrière, pour éviter la cohue, et c'est là qu'on s'est saisi
de lui.

GÉRONTE.

Pourquoi diable sortir par cette porte. Est-ce qu'il
n'y en a pas une autre ?

LARIFFARDIÈRE.

Non, monsieur ; c'est pour cela qu'il l'a choisie.

GÉRONTE.

Maudits créanciers !

LARIFFARDIÈRE.

Il s'agit de le tirer de leurs mains ; et vous seul
pouvez....

GÉRONTE.

Voici ce qu'il faut faire... Dites-lui que je l'aime
beaucoup...

LARIFFARDIÈRE.

Ah ! le cher oncle !... le cher oncle !

GÉRONTE.

Dites-lui qu'il trouve un répondant, et qu'il vienne se
jeter dans mes bras.

LARIFFARDIÈRE.

Ami malheureux, le ciel m'est témoin que si j'étais en
fonds, cher Pylade, tu serais délivré par Oreste.

GÉRONTE.

Cet homme-là lui est bien attaché. Eh bien ! monsieur
Oreste, combien faudrait-il ?

LARIFFARDIÈRE.

Une misère, mille écus.

GÉRONTE.

Mille écus ! ah ! mon Dieu !

LARIFFARDIÈRE.

Eh ! monsieur, pour une si petite somme, vous, son oncle, voulez-vous lui faire manquer un mariage qui doit placer sur sa tête...

GERONTE.

Quoi donc ?

LARIFFARDIÈRE.

Quarante mille francs au moins.

GERONTE.

Cela est fort bien... Mais mille écus.

LARIFFARDIÈRE.

Il vous les rendra.

GÉRONTE.

Ah ! bath.

LARIFFARDIÈRE.

Avec les intérêts.

GÉRONTE, *sortant une bourse.*

Vous croyez.... Je les ai là en or. Mais m'en séparer sitôt.

Air : *Vers le temple de l'hymen.*

Je ne me doutais en rien
Que j'aurais cette faiblesse ;
Mais enfin votre promesse....
Les mille écus y sont bien.

LARIFFARDIÈRE.

Avarice et bienfaisance
Luttaient dans cette occurrence ;

Mais grâce à mon éloquence,
La bourse va me rester.
J'étais, je vous le confesse,
En invoquant la tendresse,
Bien certain de l'emporter.

(*Il prend la bourse.*)

SCÈNE XV.

LARIFFANDIÈRE, GÉRONTE, DRAMANTOUR.

LARIFFANDIÈRE, *à Dramantour.*

J'ai mis vos affaires en bon train. Convenez de tout.
J'ai menti à votre oncle : ne me démentez pas, et comptez
sur moi.

DRAMANTOUR.

Diable m'emporte si je sais ce qu'il veut dire ; mais
c'est égal.

SCÈNE XVI.

GÉRONTE, DRAMANTOUR.

DRAMANTOUR, *à part.*

Voici mon oncle. Ici, la tirade de la reconnaissance.
(*haut*) O mon oncle inattendu ! c'est vous que le destin
prospère précipite dans mon sein !

GÉRONTE.

Mon cher neveu, que je suis aise de t'embrasser ! On
t'a donc laissé sortir de prison sur parole ?

DRAMANTOUR, *embarrassé.*

Oui, mon oncle.... Mais au reste....

GÉRONTE.

Oreste, il m'a tout conté ; mais une autre fois, ne
sors plus par cette maudite porte.

DRAMANTOUR.

Oui, mon oncle.

GÉRONTE.

Cela paraît te faire de la peine : parlons de ton mariage ; cela te plaira mieux.

DRAMANTOUR.

Sans doute. (*à part*) Ma phrase de la confidence. C'est
sur Adèle ; c'est sur cet objet de mes plus tendres affec-
tions que repose la base de tout mon avenir, embelli par
le prisme de l'espérance.

GÉRONTE.

Ah ! elle est donc jolie, ta future ?

DRAMANTOUR.

Tenez, la voici, suivie du respectable vieillard de qui
elle tient le jour.

SCÈNE XVII.

Les précédens, MALINGRE, ADÈLE.

MALINGRE.

Approchez, approchez, Adèle ; vous avez toujours
fait ce que je vous ai dit, et je vais vous dire ce qu'il
faut faire.

ADÈLE.

Mon père, je ferai ce que vous me direz.

MALINGRE.

Ce sera très-bien fait.

GÉRONTE.

Et c'est fort bien dit.

MALINGRE.

Cela voit toujours du même œil que moi.

GÉRONTE.

Je lui en fais mon compliment.

DRAMANTOUR, *à part.*

Ici ma tirade sentimentale. (*haut*) Adèle, non, le ciel peut sur moi exercer sa colère ; je brave les traits du destin, quelle que soit sa rigueur ; le bonheur qui m'attend près de vous sera l'égide de mon âme. Ange tutélaire, je connais l'héroïsme des femmes ; comptez sur ma franchise : je ne suis pas l'homme à trois visages ; et j'ose espérer que vous ne serez jamais la femme à deux maris.

ADÈLE.

Air : *J'ai vu partout dans mes voyages.*

Ce langage amphibologique
Présente deux sens au lieu d'un ;
C'est une énigme amphigourique,
Dont le mot n'est pas sens commun.
Ce style a droit de me confondre ;
Mais quoiqu'il ait bien du succès,
Moi je ne puis pas y répondre ;
Car je ne sais que le français.

GÉRONTE, *à part.*

Hum, si le reste n'est pas intelligible, ceci me paraît assez clair.

MALINGRE.

Comment, vous ne savez pas ce que signifie le discours de monsieur ! qu'est-ce que cela signifie, mademoiselle ?

ADÈLE.

Cela signifie, mon père, que s'il s'agit d'aimer monsieur.....

MALINGRE.

Il s'agit de l'épouser.

DRAMANTOUR.

Elle me refuse ! (*à part*) Ici mon couplet du tyran. (*haut*) Eh quoi ! ni mes prières ni mon désespoir ne peuvent attendrir votre cœur formé par l'insensibilité.... Eh bien ! cruelle, craignez tout de ma juste fureur. Holà, gardes.... (*à part*) Ce n'est pas ça ; j'ai été trop loin.

GÉRONTE.

Mon neveu, on ne vous aime pas ; il faut prendre votre parti, et que M. Malingre paye le dédit.

MALINGRE.

Le dédit, je ne le payerai pas.

GÉRONTE.

Vous le payerez, ou vous nous épouserez.

MALINGRE.

Je ne..... si mon médecin ne m'avais pas défendu de me mettre en colère....

SCÈNE XVIII.

Les précédens, LARIFFARDIÈRE, TANTMIEUX.

LARIFFARDIÈRE.

Allons, courage, M. le docteur.

TANTMIEUX.

Air : *de la Rozière.*

Eh quoi ! votre audace
Jamais ne se lasse !
De ce qui se passe
Ne tremblez-vous pas ?
Sans mon ordonnance,

Faire une alliance,
Dont la conséquence
Est votre trépas.
Contre Hippocrate
  Votre âme ingrate,
  Ici constaté
  Un grief certain :
  Quoi! téméraire,
  Vous osez faire
  De sa colère
Un fatal dédain !
Mais l'apoplexie,
Et l'hydropisie,
Et l'épilepsie,
Servant mon courroux,
Avec la colique,
Et la siatique,
Vous rendront étique :
C'en est fait de vous.

MALINGRE, *tombant dans un fauteuil.*

Ah! ah! de grâce, M. le docteur.

TANTMIEUX.

Je suis inflexible...... Allez, vous n'êtes pas digne d'être malade.

MALIGRE.

Faut-il mourir ?.... Je me recommande à vous.

LARIFFANDIÈRE.

Allons, voyons, M. Tantmieux, composons.

TANTMIEUX.

S'allier avec une famille qui a encouru la haine de la médecine !

GÉRONTE.

Bath, bath, nous n'avons jamais eu de médecins

dans notre famille, et nous n'en sommes pas moins morts bien portans.

DRAMANTOUR.

Ici mon...... imprécation........ Barbare ! non, tes menaces ne peuvent rien sur moi. Soutenu par ma vertu, je te braverai dans les fers : qui méprise la mort, ne craint point.... un médecin.

TANTMIEUX.

M. Malingre, vous me résistez !

MALINGRE.

Mais M. le docteur, c'est que ce dédit.

LARIFFANDIÈRE.

Ne vous inquiétez pas. J'aime votre fille ; je lui plais.

MALINGRE.

Vrai ?

ADÈLE.

Oui, mon père.

LARIFFANDIÈRE.

Et je paye le dédit.

MALINGRE.

Depuis que vous êtes sorti, il vous est donc survenu des rentrées.

LARIFFANDIÈRE.

M. Géronte, donnez — moi l'écrit, et je vais vous satisfaire. C'est bon. Voilà les mille écus bien comptés dans cette bourse.

GÉRONTE.

C'est la bourse de tantôt.

LARIFFANDIÈRE.

La même, M. Géronte, la même.

(45)

GÉRONTE.

Et les dettes de mon neveu?

LARIFFARDIÈRE.

Vous les payerez avec cet argent là.

GÉRONTE, *à part.*

Je commence à m'apercevoir.... Il m'attrape..... Mais je rattrape mon argent.

DRAMANTOUR.

Nous sommes les jouets d'une conspiration ténébreuse.

GÉRONTE.

Ah ! bath, avec tes phrases.

SCÈNE XIX ET DERNIÈRE.

Les précédens, LAHAUSSE, DANDINVILLE.

DANDINVILLE.

Après vous, monsieur.

LAHAUSSE.

C'est très-bien. M. de Lariffardière, voilà vos cent louis.

LARIFFARDIÈRE.

Je vous remercie bien, mon cher cousin.

Tous.

Quoi ! son cousin !

LARIFFARDIÈRE.

Oui, je l'étais ; mais il ne s'en souviens plus.

Air : *Aussitôt que la lumière.*

Son nouvel éclat se change;
Le destin brise nos nœuds;
Et de cette mode étrange,
Les exemples sont nombreux.

Notre mémoire s'envole
Quand le sort nous a souri;
Et le fleuve du Pactole
Devient le fleuve d'oubli.

LAHAUSSE.

C'est affreux, monsieur; d'après nos conventions, vous deviez vous taire.

GÉRONTE.

Comme ce monsieur s'est laissé jouer! ah! ah! voilà bien un autre M. de Jourdain!

LARIFFARDIÈRE.

Et vous qui parlez, n'est-ce pas avec votre argent que vous vous êtes payé le dédit?

LAHAUSSE.

Ah! ah! vous êtes bien plus crédule que le Géronte des Fourberies de Scapin.

TANTMIEUX.

Et vous M. Dramantour, petit Trissotin, comme il vous a attrapé! Ah! ah! ah!

DRAMANTOUR.

Et c'est vous, M. Purgon, qu'il a fait agir auprès du malade imaginaire; et s'il en était permis de rire. Ah! ah! ah!

MALINGRE.

Qu'appelez-vous malade imaginaire? J'aime mieux être malade imaginaire, que... (*à l'oreille de Dandinville*).

DANDINVILLE.

C'est bon, c'est bon; mais il a respecté les maris, et je suis le seul qui ne suis pas....

LARIFFARDIÈRE.

Non, non, M. Dandinville; il y en a beaucoup comme vous.

ADÈLE.

Mon ami, vous n'avez pas voulu faire des jaloux ;
vous les avez joués tous.

LARIFFARDIÈRE.

Ils ont sifflé Molière, et Molière s'est vengé.

Air : *de Mariane.*

Du cœur humain peintre fidèle,

Il en a trahi le secret ;

Il a fait rire le modèle

En lui présentant son portrait.

Drapant la cour,

Il mit au jour,

Près d'un flatteur,

Un vertueux frondeur.

Dans ses tableaux

Les faux dévots

Sont dévoilés ;

Les cotins signalés.

Sans la chercher, trouvant la gloire,

D'un naturel toujours exquis,

Il fit de ses moindres croquis

Des tableaux pour l'histoire.

TANTMIEUX.

Oui, oui ; il faut convenir qu'à certains égards il a
du bon.

VAUDEVILLE.

Air *de l'Anglaise.*

LARIFFARDIÈRE.

Nous chanterons tous :

Honneur à l'immortel Molière,

Pourvu que sur nous

Il ne dirige pas ses coups.

(*Tous.*)

Nous chanterons tous, etc.

TANTMIEUX.

Que contre un Jourdain,
Il lance sa critique amère,
Bravo; mais qu'enfin
Il apprécie un médecin.

LAHAUSSE.

De la faculté,
Qu'il fasse rire le parterre;
Mais dans sa gaîté,
Que le riche soit respecté.

DRAMANTOUR.

D'un George Dandin
Qu'il persiffle le caractère,
Bon; mais que Cotin
Soit à l'abri du trait malin.

DANDINVILLE.

Qu'il lance ses traits
Sur un malade imaginaire,
J'applaudirai; mais
Qu'il laisse les maris en paix.

MALINGRE.

Qu'il fasse rougir
Le ladre, je ne m'en plains guère;
Mais pourquoi venir
M'attaquer, moi qui vais mourir.

GÉRONTE.

Je ris quand il mord;
Mais faire à l'avare la guerre,
C'est aussi trop fort:
Garder son or n'est un tort.

ADÈLE, *au Public.*

Que tous nos défauts
Soient pardonnés, grâce à Molière;
Car pour nos tableaux
Il aurait fallu ses pinceaux.

LARIFFARDIÈRE.

L'ouvrage nouveau,
Après tout, ne saurait déplaire;
Car un nom si beau
N'a jamais eu que des bravo.

FIN.

www.ingramcontent.com/pod-product-compliance
Ingram Content Group UK Ltd.
Pitfield, Milton Keynes, MK11 3LW, UK
UKHW021634090726
13657UKWH00004B/1614